En imprimant ses livres en Italie, sur du papier issu de forêts européennes gérées durablement, Maison Eliza fait tout son possible pour préserver notre planète et ses océans !

Un jour d'été

HeyJin Go

maison eliza

Par un beau jour d'été, les ours étaient épuisés par la chaleur...

Il fait trop chaud,
je vais nager!

Je viens avec toi!

Ouch!

Tu danses avec moi?

Vas-y, fais comme moi !

Mais que font-ils ?
Il fait si chaud...

La meilleure façon de supporter la chaleur,
c'est encore de rester là
et de ne rien faire du tout…

Ouuups!

Bon, ok...
Me voilà!

Regardez ce que je sais faire !

Je le fais mieux que toi !
Tralala !

Oh! La voilà!

Maman,
pourquoi les ours polaires jouent-ils ici ?
Ils ne devraient pas vivre
au Pôle Nord ?

FSC
www.fsc.org
MIXTE
Carton issu de sources responsables
FSC® C106107

Cette édition a été publiée avec l'accord de HeyJin Go et de THE Agency, Corée.

Tous droits de reproduction, de traduction et d'adaptation réservés pour tous pays. Loi n° 49-956 du 16 juillet 1949 sur les publications destinées à la jeunesse. Dépôt légal : février 2019 - ISBN : 979-10-96067-18-3
Achevé d'imprimer en décembre 2018 sur les presses de GRAFICHE AZ - Italie